목마와 숙녀

# 박 인 환

# 목마와 숙녀

시인생각

# ■ 차 례 ——————————— 목마와 숙녀

# 1

# 장미의 온도

나신裸身과 같은 흰 구름이 흐르는 밤
실험실 창밖
과실의 생명은
화폐모양 권태하고 있다
밤은 깊어 가고
나의 찢어진 애욕은
수목이 방탕하는 포도鋪道에 질주한다

나팔 소리도 폭풍의 부감도俯瞰圖
화판花瓣의 모습을 찾으며
무장한 거리를 헤맸다

태양이 추억을 품고
암벽巖壁을 지나던 아침
요리의 위대한 평범을
Close-up한 원시림의
장미의 온도

# 목마와 숙녀

한 잔의 술을 마시고
우리는 버지니아 울프의 생애와
목마를 타고 떠난 숙녀의 옷자락을 이야기한다
목마는 주인을 버리고 그저 방울 소리만 울리며
가을 속으로 떠났다 술병에서 별이 떨어진다
상심傷心한 별은 내 가슴에 가벼웁게 부서진다
그러한 잠시 내가 알던 소녀는
정원의 초목 옆에서 자라고
문학이 죽고 인생이 죽고
사랑의 진리마저 애증愛憎의 그림자를 버릴 때
목마를 탄 사랑의 사람은 보이지 않는다
세월은 가고 오는 것
한때는 고립을 피하여 시들어가고
이제 우리는 작별하여야 한다
술병이 바람에 쓰러지는 소리를 들으며
늙은 여류작가의 눈을 바라다보아야 한다
……등대燈臺에……
불이 보이지 않아도
그저 간직한 페시미즘의 미래를 위하여
우리는 처량한 목마 소리를 기억하여야 한다

모든 것이 떠나든 죽든
그저 가슴에 남은 희미한 의식을 붙잡고
우리는 버지니아 울프의 서러운 이야기를 들어야 한다
두 개의 바위틈을 지나 청춘을 찾은 뱀과 같이
눈을 뜨고 한 잔의 술을 마셔야 한다
인생은 외롭지도 않고
그저 잡지의 표지처럼 통속通俗하거늘
한탄할 그 무엇이 무서워서 우리는 떠나는 것일까
목마는 하늘에 있고
방울 소리는 귓전에 철렁거리는데
가을바람 소리는
내 쓰러진 술병 속에서 목메어 우는데

# 한 줄기 눈물도 없이

음산한 잡초가 무성한 들판에
용사가 누워 있었다.
구름 속에 장미가 피고
비둘기는 야전병원 지붕 위에서 울었다.

존엄한 죽음을 기다리는
용사는 대열을 지어
전선으로 나가는 뜨거운 구두 소리를 듣는다.
아 창문을 닫으시오.

고지탈환전
제트기 박격포 수류탄
어머니! 마지막 그가 부를 때
하늘에서 비가 내리기 시작했다.

옛날은 화려한 그림책
한 장 한 장마다 그리운 이야기
만세 소리도 없이 떠나
흰 붕대에 감겨
그는 남모르는 토지에서 죽는다.

한 줄기 눈물도 없이
인간이라는 이름으로서
그는 피와 청춘을
자유를 위해 바쳤다.

음산한 잡초가 무성한 들판엔
지금 찾아오는 사람도 없다.

# 고향에 가서


갈대만이 한없이 무성한 토지가
지금은 내 고향.

산과 강물은 어느 날의 회화繪畵
피 묻은 전신주 위에
태극기 또는 작업모가 걸렸다.
학교도 군청도 내 집도
무수한 포탄의 작렬과 함께
세상엔 없다.

인간이 사라진 고독한 신의 토지
거기 나는 동상銅像처럼 서 있었다.
내 귓전엔 싸늘한 바람이 설레이고
그림자는 망령과도 같이 무섭다.

어려서 그땐 확실히 평화로웠다.
운동장을 뛰다니며
미래와 살던 나와 내 동무들은
지금은 없고
연기 한 줄기 나지 않는다.

황혼 속으로
감상感傷 속으로
차는 달린다.
가슴속에 흐느끼는 갈대의 소리
그것은 비창悲愴한 합창과도 같다.

밝은 달빛
은하수와 토끼
고향은 어려서 노래 부르던
그것뿐이다.

비 내리는 사경斜傾의 십자가와
아메리카 공병工兵이
나에게 손짓을 해준다.

# 나의 생애에 흐르는 시간들

나의 생애에 흐르는 시간들
가느란 일 년의 안젤라스

어두워지면 길목에서 울었다
사랑하는 사람과

숲속에서 들리는 목소리
그의 얼굴은 죽은 시인詩人이었다

늙은 언덕 밑
피로한 계절과 부서진 악기

모이면 지낸 날을 이야기한다
누구나 저만이 슬프다고

가난을 등지고 노래도 잃은
안개 속으로 들어간 사람아

이렇게 밝은 밤이면
빛나던 수목이 그립다

바람이 찾아와 문은 열리고
찬 눈은 가슴에 떨어진다

힘없이 반항하던 나는
겨울이라 떠나지 못하겠다

밤새 우는 가로등
무엇을 기다리나

나도 서 있다
무한한 과실만 먹고

# 어린 딸에게

기총과 포성의 요란함을 받아가면서
너는 세상에 태어났다 주검의 세계로
그리하여 너는 잘 울지도 못하고
힘없이 자란다.

엄마는 너를 껴안고 삼 개월 간에
일곱 번이나 이사를 했다.

서울에 피의 비와
눈바람이 섞여 추위가 닥쳐오던 날
너는 입은 옷도 없이 벌거숭이로
화차貨車 위 별을 헤아리면서 남으로 왔다.

나의 어린 딸이여 고통스러워도 애소哀訴도 없이
그대로 젖만 먹고 웃으며 자라는 너는
무엇을 그리 우느냐.

너의 호수처럼 푸른 눈
지금 멀리 적을 격멸하러 바늘처럼 가느다란
기계機械는 간다. 그러나 그림자는 없다.

엄마는 전쟁이 끝나면 너를 호강시킨다 하나
언제 전쟁이 끝날 것이며
나의 어린 딸이여 너는 언제까지나
행복할 것인가.

전쟁이 끝나면 너는 더욱 자라고
우리들이 서울에 남은 집에 돌아갈 적에
너는 네가 어디서 태어났는지도 모르는
그런 계집애.

나의 어린 딸이여
너의 고향과 너의 나라가 어디 있느냐
그때까지 너에게 알려줄 사람이
살아 있을 것인가.

# 어느 날

사월 십일의 부활제를 위하여
포도주 한 병을 산 흑인과
빌딩의 숲 속을 지나
에이브라함 링컨의 이야기를 하며
영화관의 스틸 광고를 본다.
……카아멘 죤스……

미스터 몬은 트럭을 끌고
그의 아내는 쿡과 입을 맞추고
나는 '지렛' 회사의 텔레비전을 본다.

한국에서 전사한 중위의 어머니는
이제 처음 보는 한국 사람이라고 내 손을 잡고
시애틀 시가를 구경시킨다.

많은 사람이 살고
많은 사람이 울어야 하는
아메리카의 하늘에 흰 구름.
그것은 무엇을 의미하는가.

나는 들었다 나는 보았다
모든 비애와 환희를.


아메리카는 휘트먼의 나라로 알았건만
아메리카는 링컨의 나라로 알았건만
쓴 눈물을 흘리며
브라보……코리언 하고
흑인은 술을 마신다.

# 열차

— 궤도 우에 철鐵의 풍경을 질주하면서 그는 야
생野生한 신시대의 행복을 전개한다.
<스티븐 스펜더>


폭풍이 머문 정거장 거기가 출발점
정력과 새로운 의욕 아래
열차는 움직인다.
격동의 시간—
꽃의 질서를 버리고
공규空閨한 너의 운명처럼
열차는 떠난다.
검은 기억은 전원田園에 흘러가고
속력은 서슴없이 죽음의 경사傾斜를 지난다

청춘의 복받침을
나의 시야에 던진 채
미래에의 외접선外接線을 눈부시게 그으며
배경은 핑크빛 향기로운 대화
깨진 유리창 밖 황폐한 도시의 잡음을 차고
율동하는 풍경으로
활주하는 열차

가난한 사람들의 슬픈 관습과
봉건의 터널 특권의 장막을 뚫고

피비린 언덕 너머 곧
광선의 진로를 따른다
다음 헐벗은 수목의 집단 바람의 호흡을 안고
눈이 타오르는 처음의 녹지대
거기엔 우리들의 황홀한 영원의 거리가 있고
밤이면 열차가 지나온
커다란 고난과 노동의 불이 빛난다
혜성보다도
아름다운 새날보다도 밝게

# 세월이 가면

지금 그 사람의 이름은 잊었지만
그의 눈동자 입술은
내 가슴에 있어.

바람이 불고
비가 올 때도 나는 저 유리창 밖
가로등 그늘의 밤을 잊지 못하지

사랑은 가고
과거는 남는 것
여름날의 호숫가
가을의 공원
그 벤치 위에
나뭇잎은 떨어지고
나뭇잎은 흙이 되고
나뭇잎에 덮여서
우리들 사랑이 사라진다 해도
지금 그 사람 이름은 잊었지만
그의 눈동자 입술은
내 가슴에 있어
내 서늘한 가슴에 있건만

# 2

# 센티멘털 쟈니

주말여행
엽서……낙엽
낡은 유행가의 설움에 맞추어
피폐한 소설을 읽던 소녀.

이태백의 달은
울고 떠나고
너는 벽화에 기대어
담배를 피우는 숙녀.

카프리 섬의 원정園丁
파이프의 향기를 날려보내라
이브는 내 마음에 살고
나는 그림자를 잡는다.

세월은 관념
독서는 위장僞裝
그저 죽기 싫은 예술가.

오늘이 가고 또 하루가 온들
도시에 분수는 시들고
어제와 지금의 사람은
천상유사天上有事를 모른다.

술을 마시면 즐겁고
비가 내리면 서럽고
분별이여 구분이여.

수목樹木은 외롭다
혼자 길을 가는 여자와 같이
정다운 것은 죽고
다리 아래 강江은 흐른다.

지금 수목에서 떨어지는 엽서
긴 사연은
구름에 걸린 달 속에 묻히고
우리들은 여행을 떠난다

주말여행
별말씀
그저 옛날로 가는 것이다.

아 센티멘털 쟈니
센티멘털 쟈니

# 사랑의 Parabola

어제의 날개는 망각 속으로 갔다.
부드러운 소리로 창을 두들기는 햇빛
바람과 공포恐怖를 넘고
밤에서 맨발로 오는 오늘의 사람아

떨리는 손으로 안개 낀 시간을 나는 지켰다.
희미한 등불을 던지고
열지 못할 가슴의 문을 부셨다.

새벽처럼 지금 행복하다.
주위의 혈액은 살아있는 인간의 진실로 흐르고
감정의 운하로 표류하던
나의 그림자는 지나간다.

내 사랑아
너는 찬 기후에서 긴 행로를 시작했다. 그러므로
폭풍우도 서슴지 않고 참혹마저 무섭지 않다.

짧은 하루 허나
너와 나의 사랑의 포물선은
권력 없는 지구 끝으로
오늘의 위치의 연장선이
노래의 형식처럼 내일로
자유로운 내일로……

# 자본가에게

나는 너희들의 마니페스트*의 결함을 지적한다
그리고 모든 자본이 붕괴한 다음
태풍처럼 너희들을 휩쓸어 갈
위험성이
파장波長처럼 가까워진다는 것도

옛날 기사技師가 도주하였을 때
비행장에 궂은비가 내리고
모두 목메어 부른 노래는
밤의 말로末路에 불과하였다.

그러므로 자본가여
새삼스럽게 문명을 말하지 말라
정신과 함께 태양이 도시를 떠난 오늘
허물어진 인간의 광장에는
비둘기 떼의 시체가 흩어져 있었다.

신작로를 바람처럼 굴러간
기체의 중추는
어두운 외계 절벽 밑으로 떨어지고

조종자의 얇은 작업복이
하늘의 구름처럼 남아 있었다.

잃어버린 일월日月의 선명한 표정들
인간이 죽은 토지에서
타산치 말라
문명의 모습이 숨어 버린 황량한 밤

성안成案은
꿈의 호텔처럼 부서지고
생활과 질서의 신조信條에서 어긋난
최후의 방랑은 끝났다.

지금 옛날 촌락村落을 흘려버린
슬픈 비는 내린다.


*) Manifes; 선언, 선언서, 격문.

# 불행한 신神

오늘 나는 모든 욕망과
사물에 작별하였습니다.
그래서 더욱 친한 죽음과 가까워집니다.
과거는 무수한 내일에
잠이 들었습니다.
불행한 신
어디서나 나와 함께 사는
불행한 신
당신은 나와 단둘이서
얼굴을 비벼대고 비밀을 터놓고
오해나
인간의 체험이나
고절孤絶된 의식에
후회하지 않을 것입니다.
또다시 우리는 결속되었습니다.
황제의 신하처럼 우리는 죽음을 약속합니다.
지금 저 광장의 전주電柱처럼 우리는 존재存在됩니다.
쉴 새 없이 내 귀에 울려오는 것은
불행한 신 당신이 부르시는
폭풍입니다.

그러나 허망한 천지 사이를
내가 있고 엄연히 주검이 가로놓이고
불행한 당신이 있으므로
나는 최후의 안정安定을 즐깁니다.

# 벽

그것은 분명히 어제의 것이다
나와는 관련이 없는 것이다.
우리들이 헤어질 때에
그것은 너무도 무정하였다.

하루 종일 나는 그것과 만난다
피하면 피할수록
더욱 접근하는 것
그것은 너무도 불길不吉을 상징하고 있다
옛날 그 위에 명화가 그려졌다 하여
즐거워하던 예술가들은
모조리 죽었다.

지금 거기엔 파리와
아무도 읽지 않고
아무도 바라보지 않는
격문과 정치 포스터가 붙어 있을 뿐
나와는 아무 인연이 없다.

그것은 감성도 이성도 잃은
멸망의 그림자
그것은 문명과 진화를 장해하는
사탄의 사도
나는 그것이 보기 싫다.
그것이 밤낮으로
나를 가로막기 때문에
나는 한 점의 피도 없이
말라버리고
여왕이 부르시는 노래와
나의 이름도 듣지 못한다.

# 눈을 뜨고도

우리들의 섬세한 추억에 관하여
확신할 수 있는 잠시
눈을 뜨고도
볼 수 없는 상태는 어찌할 수가 없었다.

진눈깨비처럼 아니
이지러진 사랑의 환영幻影처럼
빛나면서도
암흑처럼 다가오는
오늘의 공포
거기 나의 기묘한 청춘은 자고
세월은 간다.

녹슬은 흉부에
잔잔한 물결에 회상과 회한은 없다.

푸른 하늘가를
기나긴 하계夏季의 비는 내렸다.
겨레와 울던 감상感像의 날도
진실로
눈을 뜨고도 볼 수 없는 상태

우리는 결코
맹목의 시대에 살고 있는 것인가.
시력視力은 복종의 그늘을 찾고 있는 것인가

지금 우수에 잠긴 현창舷窓에 기대어
살아 있는 자의 선택과
죽어간 놈의 침묵처럼
보이지는 않으나 관능과 의지의
믿음만을 원하며
목을 굽히는 우리들
오 인간의 가치와
조용한 지면地面에 파묻힌 사자死者들

또 하나의 환상과
나의 불길한 혐오
참으로 조소嘲笑로운 인간의 주검과
눈을 뜨고도
볼 수 없는 상태
얼마나 무서운 치욕이냐
단지 존재와 부재의 사이에서

# 영원永遠한 일요일


날개 없는 여신이 죽어버린 아침
나는 폭풍에 싸여
주검의 일요일을 올라간다.


파란 의상을 감은 목사와
죽어가는 놈의
숨 가쁜 울음을 따라
비탈에서 절름거리며 오는
나의 형제들.


절망과 자유로운
모든 것을……


싸늘한 교외郊外의 사구砂丘에서
모진 소낙비에 으끄러지며
자라지 못하는 유용식물有用植物.


낡은 회귀의 공포와 함께
예절처럼 떠나버리는 태양.

수인囚人이여
지금은 희미한 철형凸形의 시간
오늘은 일요일
너희들은 다행하게도
다음날에의
비밀을 갖지 못했다.
절름거리며 교회에 모인 사람과
수족이 완전함에도 불구하고
복음도 기도도 없이
떠나가는 사람과
상풍傷風된 사람들이여
영원한 일요일이여.

# 살아 있는 것이 있다면

— 현재의 시간과 과거의 시간 거의 모두가 미래의 시
간 속에 나타난다.　　　　　<T.S. 엘리어트>


살아 있는 것이 있다면
그것은 나와 우리들의 죽음보다도
더한 냉혹하고 절실한
회상과 체험일지도 모른다.

살아 있는 것이 있다면
여러 차례의 살육에 복종한 생명보다도
더한 복수와 고독을 아는
고뇌와 저항일지도 모른다.

한 걸음 한 걸음 나는 허물어지는
정적과 초연硝煙의 도시 그 암흑 속으로……
명상과 또다시 오지 않을 영원한 내일로……
살아 있는 것이 있다면
유형流刑의 애인처럼 손잡기 위하여
이미 소멸된 청춘의 반역을 회상하면서
회의와 불안만이 다정스러운
모멸侮蔑의 오늘을 살아나간다.

……아 최후로 이 성자聖者의 세계에
살아 있는 것이 있다면 분명히
그것은 속죄의 회화繪畵 속의 나녀裸女와
회상도 고뇌도 이제는 망령亡靈에게 팔은
철없는 시인詩人
나의 눈감지 못한
단순한 상태의 시체일 것이다…….

# 기적奇蹟인 현대

장미는 강가에 핀 나의 이름
집집 굴뚝에서 솟아나는 문명의 안개
'시인詩人' 가엾은 곤충이여
너의 울음이 도시에 들린다.

오래도록 네 욕망은 사라진 회화
무성한 잡초원雜草園에서
환영幻影과 애정과 비벼대던
그 연대年代의 이름노
허망한 어젯밤 버러지.

사랑은 조각에 나타난 추억
이녕泥濘과 작별의 여로에서
기대었던 수목은 썩어지고
전신電信처럼 가벼웁고 재빠른
불안한 속력은 어디서 오나.

침묵의 공포와 눈짓하던
그 무렵의 나의 운명은
기적奇蹟인
동양의 하늘을 헤매고 있다.

# 3

# 서정가抒情歌

실신한 듯이 목욕하는 청년
꿈에 본 '조셉 베르네'의 바다
연체동물의 울음이 들린다
사나토리움에 모여든 숙녀들
사랑하는 여자는 층계에서 내려온다

'니사미'의 시집詩集보다도 비장한 이야기
냅킨이 가벼운 인사를 하고
성하盛夏의 낙엽은 내 가슴을 덮는다.

# 가을의 유혹

가을은 내 마음에
유혹의 길을 가리킨다
숙녀들과 바람의 이야기를 하면
가을은 다정한 피리를 불면서
회상의 풍경을 지나가는 것이다.

전쟁이 길게 머무른 서울의 노대露臺에서
나는 모딜리아니의 화첩을 뒤적거리며
정막靜寞한 하나의 생애의 한시름을
찾아보는 것이다
그러한 순간
가을은 청춘의 그림자처럼 또는
낙엽 모양 나의 발목을 끌고
즐겁고 어두운 사념思念의 세계로 가는 것이다.

즐겁고 어두운 가을의 이야기를 할 때
목 메인 소리로 나는 사랑의 말을 한다
그것은 폐원廢園에 있던 벤치에 앉아
고갈된 분수를 바라보며
지금은 죽은 소녀의 팔목을 잡던 것과 같이

쓸쓸한 옛날의 일이며
여름은 느리고 인생은 가고
가을은 또다시 오는 것이다.

회색 양복과 목관악기는 어울리지 않는다
그저 목을 늘어뜨리고
눈을 감으면
가을의 유혹은 나로 하여금 잊을 수 없는
사랑의 사람으로 한다
눈물 젖은 눈동자로 앞을 바라보면
인간이 매몰될 낙엽이
바람에 날리어 나의 주변을 휘돌고 있다.

# 거리

나의 시간에 스콜과 같은 슬픔이 있다
붉은 지붕 밑으로 향수가 광선을 따라가고
한없이 아름다운 계절이
운하의 물결에 씻겨갔다

아무 말도 하지 말고
지나간 날의 동화를 운율에 맞춰
거리에 화액花液을 뿌리자
따뜻한 풀잎은 젊은 너의 탄력같이
밤을 지구 밖으로 끌고 간다

지금 그곳에는 코코아의 시장이 있고
과실처럼 기억만을 아는 너의 음향이 들린다
소년들은 뒷골목을 지나 교회에 몸을 감춘다
아세틸렌 냄새는 내가 가는 곳마다
음영같이 따른다

거리는 매일 맥박을 닮아갔다
베링 해안海岸 같은 나의 마을이
떨어지는 꽃을 그리워한다

황혼처럼 장식한 여인들은 언덕을 지나
바다로 가는 거리를 순백한 식장으로 만든다

전정戰庭의 수목 같은 나의 가슴은
베고니아를 끼어 안고 기류 속을 나온다
망원경으로 보던 천만千萬의 미소를 회색 외투에
싸아
얼은 크리스마스의 밤길로 걸어보내자

# 죽은 아포롱


오늘은 3월 열이렛날
그래서 나는 망각의 술을 마셔야 한다
여급女給 '마유미'가 없어도
오후 세 시 이십오 분에는
벗들과 '제비'의 이야기를 하여야 한다.

그날 당신은
동경 제국대학 부속병원에서
천당과 지옥의 접경으로 여행을 하고
허망한 서울의 하늘에는 비가 내렸다

운명이여
얼마나 애태운 일이냐
권태와 인간의 날개
당신은 싸늘한 지하에 있으면서도
성좌星座를 간직하고 있다.

정신의 수렵을 위해 죽은
'랭보'와도 같이
당신은 나에게

환상과 흥분과
열병과 착각을 알려주고
그 빈사의 구렁텅이에서
우리 문학에
따뜻한 손을 빌려준
정신의 황제.

무한한 수면睡眠
반역과 영광
임종의 눈물을 흘리며 결코
당신은 하나의 증명을 갖고 있었다
이상李箱이라고.

# 지하실


황갈색 계단을 내려와
모인 사람은
도시의 지평地平에서 싸우고 왔다


눈앞에 어리는 푸른 시그널
그러나 떠날 수 없고
모두들 선명한 기억 속에 잠든다


달빛 아래
우물을 푸던 사람도
지하의 비밀은 알지 못했다


이미 밤은 기울어져가고
하늘엔 청춘이 부서져
에메랄드의 불빛이 흐른다


겨울의 새벽이여
너에게도 지열地熱과 같은 따스함이 있다면
우리의 이름을 불러라

아직 바람과 같은
속력이 있고
투명한 감각이 좋다

# 행복

노인은 육지에서 살았다.
하늘을 바라보며 담배를 피우고
시들은 풀잎에 앉아
손금도 보았다.
차茶 한 잔을 마시고
정사情死한 여자의 이야기를
신문에서 읽을 때
비둘기는 지붕 위에서 훨훨 날았다.
노인은 한숨도 쉬지 않고
더욱 아무것도 바라지 않으며
성서聖書를 외우고 불을 끈다.
그는 행복이라는 것을 말하지 않았다.
그저 고요히 잠드는 것이다.

노인은 꿈을 꾼다.
여러 친구와 술을 나누고
그들이 죽음의 길을 바라보던 전날을.
노인은 입술에 미소를 띄우고
쓰디쓴 감정을 억제할 수가 있다.
그는 지금의 어떠한 순간도

증오할 수가 없었다.
노인은 죽음을 원하기 전에
옛날이 더욱 영원한 것처럼 생각되며
자기와 가까이 있는 것이
멀어져가는 것을
분간할 수가 있었다.

# 세 사람의 가족

나와 나의 청순한 아내
여름날 순백한 결혼식이 끝나고
우리는 유행품流行品으로 화려한
상품의 쇼윈도를 바라보며 걸었다.

전쟁이 머물고
평온한 지평에서
모두의 단편적인 기억이
비둘기의 날개처럼 솟아나는 틈을 타서
우리는 내성內省과 회한悔恨에의 여행을 떠났다.

평범한 수확의 가을
겨울은 백합처럼 향기를 풍기고 온다.
죽은 사람들은 싸늘한 흙 속에 묻히고
우리의 가족은 세 사람.

토르소의 그늘 밑에서
나의 불운한 편력인 일기책이 떨고
그 하나하나의 지면은
음울한 회상의 지대로 날아갔다.

아 창백한 세상과 나의 생애에
종말이 오기 전에
나는 고독한 피로에서
빙화氷花처럼 잠들은 지나간 세월을 위해
시詩를 써본다.

그러나 창 밖
암담한 상가
고통과 구토가 동결된 밤의 쇼윈도
그 곁에는
절망과 기아의 행렬이 밤을 새우고
내일이 온다면
이 정막靜寞의 거리에 폭풍이 분다.

낙하落下


미끄럼판에서
나는 고독한 아킬레스처럼
불안의 깃발 날리는
땅 위에 떨어졌다
머리 위의 별을 헤아리면서

그 후 20년
나는 운명의 공원 뒷담 밑으로
영속永續된 죄의 그림자를 따랐다
아 영원히 반복되는
미끄럼판의 승강昇降
친근에의 증오와 또한
불행과 비참과 굴욕에의 반항도 잊고
연기 흐르는 쪽으로 달려가면
오욕汚辱의 지난날이 나를 더욱 괴롭힐 뿐

멀리선 회색 사면斜面과
불안한 밤의 전쟁
인류의 상흔과 고뇌만이 늘고
아무도 인식認識지 못할

망각의 이 지상에서
더욱 더욱 가라앉아 간다

처음 미끄럼판에서
내리달린 쾌감도
미지의 숲 속을
나의 청춘과 도주하던 시간도
나의 낙하하는
비극의 그늘에 있다

# 식민항植民港의 밤

향연의 밤
영사領事 부인에게 아시아의 전설을 말했다.

자동차도 인력거도 정거停車되었으므로
신성神聖한 땅위를 나는 걸었다.

은행 지배인이 동반한 꽃 파는 소녀

그는 일찍이 자기의 몸값보다
꽃값이 비쌌다는 것을 안다.

육전대陸戰隊의 연주회를 듣고 오던 주민은
적개심으로 식민지의 애가哀歌를 불렀다.

삼각주의 달빛
백주白晝의 유혈流血을 밟으며 찬 해풍이 나의 얼굴을
적신다.

# 4

# 무도회

연기와 여자들 틈에 끼어
나는 무도회에 나갔다.

밤이 새도록 나는 광란의 춤을 추었다.
어떤 시체를 안고.

황제는 불안한 샹들리에와 함께 있었고
모든 물체는 회전하였다.

눈을 뜨니 운하는 흘렀다.
술보다 더욱 진한 피가 흘렀다.

이 시간 전쟁은 나와 관련이 없다.
광란된 의식과 불모의 육체…… 그리고
일방적인 대화로 충만된 나의 무도회.

나는 더욱 밤 속에 갈앉아 간다.
석고의 여자를 힘 있게 껴안고

새벽에 돌아가는 길 나는 내 친우親友가
전사한 통지를 받았다.

# 불행한 샹송

산업은행 유리창 밑으로
대륙의 시민이 프롬나드하던 지난해 겨울
전쟁을 피해온 여인은
총소리가 들리지 않는 과거로
수태受胎하며 뛰어다녔다.

폭풍의 뮤즈는 등화관제 속에
고요히 잠들고
이 밤 대륙은 한 개 과실果實처럼
대리석 위에 떨어졌다.

짓밟힌 나의 우월감이여
시민들은 한 사람 한 사람이 '데모스테네스'
정치의 연출가는 도망한
아를르캉을 찾으러 돌아다닌다.

시장市長의 조마사調馬師는
밤에 가장 가까운 저녁때
웅계雄鷄가 노래하는 부르스에 화합되어
평행면체平行面體의 도시계획을

코스모스가 피는 한촌寒村으로 안내하였다.

의상점衣裳店에 신화神化한 마네킹
저 기적汽笛은 Express for Mukden*
마로니에는 창공에 동결되고
기적처럼 사라지는 여인의 그림자는
재스민의 향기를 남겨주었다.


*) 무크덴; 선양[심양瀋陽]의 만주어 지명.

# 1953년의 여자에게

유행은 섭섭하게도
여자들에게서 떠났다.
왜?
그것은 스스로 기원起源을 찾기 위하여

어떠한 날
구름과 환상의 접경接境을 더듬으며
여자들은
불길한 옷자락을 벗어버린다.

회상의 푸른 물결처럼
고독은 세월에 살고
혼자서 흐느끼는
해변의 여신과도 같이
여자들은 완전히 시간을 본다.

황막한 연대年代여
거품과 같은 허영이여
그것은 깨어진 거울의 여윈 인상印象.

필요한 것과
소모의 비례를 위하여
전쟁은 여자들의 눈을 감시한다.
코르셋으로 침해된 건강은
또한 유행은 정신의 방향을 봉쇄한다.

여기서 최후의 길손을 바라볼 때
허약한 바늘처럼
바람에 쓰러지는
무수한 육체
그것은 카인의 정부情婦보다
사나운 독毒을 풍긴다.

출발도 없이
종말도 없이
생명은 부질하게도
여자들에게서 어두움처럼 떠나는 것이다.
왜?
그것을 대답하기에는
너무도 준열한 사회가 있었다.

# 남풍


거북이처럼 괴로운 세월이
바다에서 올라온다

일찍이 의복을 빼앗긴 토민土民
태양 없는 날에
너의 사랑이 백인白人의 고무원園에서
소형素馨처럼 곱게 시들어졌다

민족의 운명이
꾸멜신神의 영광과 함께 사는
앙코르와트의 나라
월남인민군
멀리 이 땅에서도 들려오는
너희들의 항쟁의 총소리

가슴 부서질 듯 남풍이 분다
계절이 바뀌면 태풍이 온다

아세아 모든 위도緯度
잠든 사람이여
귀를 기울여라

눈을 뜨면
남방의 향기가
가난한 가슴팍으로 스며든다.

# 최후의 회화會話


아무 잡음도 없이 멸망하는
도시의 그림자
무수한 인상印象과
전환轉換하는 연대年代의 그늘에서
아 영원히 흘러가는 것
신문지의 경사傾斜에 얽혀진
그러한 불안의 격투.

함부로 개최되는 주장酒場의 사육제
흑인의 트럼펫
구라파 신부新婦의 비명
정신의 황제!
내 비밀을 누가 압니까?
체험만이 늘고
실내는 잔잔한 이러한
환영幻影의 침대에서.

회상의 기원起源
오욕의 도시
황혼의 망명객

검은 외투에 목을 굽히면
들려오는 것
아 영원히 듣기 싫은 것
쉬어빠진 진혼가
오늘의 폐허에서
우리는 또다시 만날 수 있을까
1950년의 사절단.

병든 배경의 바다에
국화가 피었다.
폐쇄된 대학의 정원은
지금은 묘지
회화繪畫와 이성理性의 뒤에 오는 것
술 취한 수부水夫의 팔목에 끼어
파도처럼 밀려드는
불안한 최후의 회화會話.

# 회상의 긴 계곡

아름답고 사랑처럼 무한히 슬픈
회상의 긴 계곡
그랜드 쇼처럼 인간의 운명이 허물어지고
검은 연기여 올라라
검은 환영幻影이여 살아라.

안개 내린 시야에
신부新婦의 베일인가 가늘은 생명의 연속이
최후의 송가頌歌와
불안한 발걸음에 맞추어
어디로인가
황폐한 토지의 외부로 떠나가는데
울음으로서 죽음을 대치하는
수없는 악기들은
고요한 이 계곡에서 더욱 서럽다.

강기슭에서 기약할 것 없이 쓰러지는
하루만의 인생
화려한 욕망
여권旅券은 산산이 찢어지고

낙엽처럼 길 위에 떨어지는
캘린더의 향수郷愁를 안고
자전거의 소녀여 나와 오늘을 살자.

군인이 피워 물던
물뿌리와 검은 연기의 인상印象과
위기에 가득 찬 세계의 변경邊境
이 회상의 긴 계곡 속에서도
열을 지어 죽음의 비탈을 지나는
서럽고 또한 환상에 속은
어리석은 영원한 순교자.
우리들.

# 밤의 노래

정막靜寞한 가운데
인광燐光처럼 비치는 무수한 눈
암흑의 지평은
자유에의 경계를 만든다.

사랑은 주검의 사면斜面으로 달리고
취약하게 조직된
나의 내면은
지금은 고독한 술병.

밤은 이 어두운 밤은
안테나로 형성되었다
구름과 감정의 경위도經緯度에서
나는 영원히 약속될
미래에의 절망에 관하여 이야기도 하였다.

또한 끝없이 들려오는 불안한 파장波長
내가 아는 단어와
나의 평범한 의식은
밝아올 날의 영역으로

위태롭게 인접되어 간다.

가느다란 노래도 없이
길목에선 갈대가 죽고
우거진 이신異神의 날개들이
깊은 밤
저 기아飢餓의 별을 향하여 작별한다.

고막을 깨뜨릴 듯이
달려오는 전파電波
그것이 가끔 교회의 종소리에 합쳐
선을 그리며
내 가슴의 운석에 가라앉아 버린다.

# 의혹의 기旗


얇은 고독처럼 퍼덕이는 기
그것은 주검과 관념의 거리를 알린다.

허망한 시간
또는 줄기찬 행운의 순시瞬時
우리는 도립倒立된 석고처럼
불길不吉을 바라볼 수 있었다.
낙엽처럼 싸움과 청년은 흩어지고
오늘과 그 미래는 확립된 사념思念이 없다.

바람 속의 내성內省
허나 우리는 죽음을 원하지 않는다.
피폐한 토지에선
한 줄기 연기가 오르고
우리는 아무 말도 없이 눈을 감았다.

최후처럼 인상印象은 외롭다.
안구眼球처럼 의욕은 숨길 수가 없다.
이러한 중간의 면적面積에
우리는 떨고 있으며

떨리는 깃발 속에
모든 인상과 의욕은 그 모습을 찾는다.


195……년의 여름과 가을에 걸쳐서
애정의 뱀은 어두움에서 암흑으로
세월과 함께 성숙하여 갔다.
그리하여 나는 비틀거리며
뱀이 들어간 길을 피했다.


잊을 수 없는 의혹의 기
잊을 수 없는 환상의 기
이러한 혼란된 의식意識 아래서
아폴론은 위기의 병을 껴안고
고갈枯渴된 세계에 갈앉아 간다.

## 밤의 미매장未埋葬

> ― 우리들을 괴롭히는 것은 주검이 아니라 장례
> 식이다.


당신과 내일부터는 만나지 맙시다.
나는 다음에 오는 시간부터는 인간의 가족이 아닙니다.
왜 그러할 것인지 모르나
지금처럼 행복해서는
조금 전처럼 착각이 생겨서는
다음부터는 피가 마르고 눈은 감길 것입니다.

사랑하는 당신의 침대 위에서
내가 바랄 것이란 나의 비참이 연속되었던
수없는 음영의 연월年月이
이 행복의 순간처럼 속히 끝나줄 것입니다.
……뇌우 속의 천사
그가 피를 토하며 알려주는 나의 위치는
광막한 황지荒地에 세워진 궁전보다도 더욱 꿈같고
나의 편력처럼 애처롭다는 것입니다.

사랑하는 당신의 부드러운 젖과 가슴을 내 품 안에 안고
나는 당신이 죽는 곳에서 내가 살며
내가 죽는 곳에서 당신의 출발이 시작된다고……
황홀히 생각합니다.

그리고 저기 무지개처럼 허공에 그려진
감촉과 향기만이 짙었던 청춘의 날을 바라봅니다.

당신은 나의 품속에서 신비와 아름다운 육체를
숨김없이 보이며 잠이 들었습니다.
불멸의 생명과 나의 사랑을 대치하셨습니다.
호흡이 끊긴 불행한 천사……
당신은 빙화氷花처럼 차가우면서도
아름답게 행복의 어두움 속으로 떠나셨습니다.
고독과 함께 남아있는 나와
희미한 감응의 시간과는 이젠 헤어집니다.
장송곡을 연주하는 관악기모양
최종 열차의 기적이 정신을 두드립니다.
시체인 당신과
벌거벗은 나와의 사실을
불안한 지구에 남기고
모든 것은 물과 같이 사라집니다.

사랑하는 순수한 불행이여 비참이여 착각이여
결코 그대만은

언제까지나 나와 함께 있어주시오.
내가 의식하였던
감미甘味한 육체와 회색 사랑과
관능적인 시간은 참으로 짧았습니다.
잃어버린 것과
욕망에 살던 것은……
사랑의 자체姿體와 함께 소멸되었고
나는 다음에 오는 시간부터는 인간의 가족이 아닙니다.
영원한 밤
영원한 육체
영원한 밤의 미매장
나는 이국의 여행자처럼
무덤에 핀 차가운 흑장미를 가슴에 답니다.
그리고 불안과 공포에 펄떡이는
사자死者의 의상을 몸에 휘감고
바다와 같은 묘망한 암흑 속으로 되돌아갑니다.
허나 당신은 나의 품안에서 의식은 회복하지 못합니다.

5

# 잠을 이루지 못하는 밤

넓고 개체個體 많은 토지에서
나는 더욱 고독하였다.
힘없이 집에 돌아오면 세 사람의 가족이
나를 쳐다보았다. 그러나
나는 차디찬 벽에 붙어 회상에 잠긴다.

전쟁 때문에 나의 재산과 친우가 떠났다.
인간의 이지를 위한 서적 그것은 잿더미가 되고
지난날의 영광도 날아가 버렸다.
그렇게 다정했던 친우도 서로 갈라지고
간혹 이름을 불러도 울림조차 없다.
오늘도 비행기의 폭음이 귀에 잠겨
잠이 오지 않는다.

잠을 이루지 못하는 밤을 위해 시詩를 읽으면
공백空白한 종이 위에
그의 부드럽고 원만하던 얼굴이 환상처럼 어린다.
미래에의 기약도 없이 흩어진 친우는
공산주의자에게 납치되었다.
그의 사자死者만이 갖는 속도로

고뇌의 세계에서 탈주하였으리라.


정의의 전쟁은 나로 하여금 잠을 깨운다.
오래도록 나는 망각의 피안彼岸에서 술을 마셨다.
하루하루가 나에게 있어서는
비참한 축제이었다.


그러나 부단한 자유의 이름으로서
우리의 뜰 앞에서 벌어진 싸움을 통찰할 때
나는 내 출발이 늦은 것을 고告한다.


나의 재산……이것은 부스러기
나의 생명……이것도 부스러기
아 파멸한다는 것이 얼마나 위대한 일이냐.


마음은 옛과는 다르다. 그러나
내게 달린 가족을 위해 나는 참으로 비겁하다
그에게 나는 왜 머리를 숙이며 왜 떠드는 것일까.
나는 나의 말로末路를 바라본다.
그리하여 나는 혼자서 운다.

이 넓고 개체 많은 토지에서
나만이 지각遲刻이다.
언제 죽을지도 모르는 나는
생에 한없는 애착을 갖는다.

# 태평양에서

갈매기와 하나의 물체
'고독'
연월年月도 없고 태양도 차갑다.
나는 아무 욕망도 갖지 않겠다.
더욱이 낭만과 정서는
저기 부서지는 거품 속에 있어라.
죽어간 자의 표정처럼
무겁고 침울한 파도 그것이 노할 때
나는 살아 있는 자라고 외칠 수 없었다.
그저 의지의 믿음만을 위하여
심유深幽한 바다 위를 흘러가는 것이다.

태평양에 안개가 끼고 비가 내릴 때
검은 날개에 검은 입술을 가진
갈매기들이 나의 가까운 시야에서 나를 조롱한다.
'환상'
나는 남아 있는 것과
잃어버린 것과의 비례를 모른다.

옛날 불안을 이야기했었을 때
이 바다에선 포함이 가라앉고
수십만의 인간이 죽었다.
어둠침침한 조용한 바다에서 모든 것은 잠이 들었다.
그렇다, 나는 지금 무엇을 의식하고 있는가?
단지 살아있다는 것만으로서,

바람이 분다.
마음대로 불어라, 나는 데키에 매달려
기념이라고 담배를 피운다.
무한한 고독. 저 연기는 어디로 가나.

밤이여 무한한 하늘과 물과 그 사이에
나를 잠들게 해라.

# 어느 날의 시詩가 되지 않는 시詩

당신은 일본인이지요?
차이니즈? 하고 물을 때
나는 불쾌하게 웃었다
거품이 많은 술을 마시면서
나도 물었다
당신은 아메리카 시민입니까?
나는 거짓말 같은 낡아빠진 역사와
우리 민족과 말이 단일하다는 것을
자랑스럽게 말했다.
황혼.

타아반 구석에서 흑인은 구두를 닦고
거리의 소년이 즐겁게 담배를 피우고 있다.

여우女優 가르보의 전기傳記책이 놓여있고
그 옆에는 디텍티브 스토리가 쌓여있는
서점의 쇼윈도
손님이 많은 가게 안을 나는 들어가지 않았다.

비가 내린다.
내 모자 위에 중량이 없는 억압이 있다.
그래서 뒷길을 걸으며
서울로 빨리 가고 싶다고
센티멘털한 소리를 한다.

# 새벽 한 시의 시詩

대낮보다도 눈부신
포틀랜드의 밤거리에
단조로운 그렌 미라의 랩소디가 들린다.
쇼윈도에서 울고 있는 마네킨.

앞으로 남지 않은 나의 잠시暫時를 위하여
기념이라고 진 피즈를 마시면
녹슬은 가슴과 뇌수에 차디찬 비가 내린다.

나는 돌아가도 친구들에게 얘기할 것이 없구나
유리로 만든 인간의 묘지와
벽돌과 콘크리트 속에 있던
도시의 계곡에서
흐느껴 울었다는 것 외에는…….

천사처럼
나를 매혹시키는 허영의 네온.
너에게는 안구眼球가 없고 정서情抒가 없다.
여기선 인간이 생명을 노래하지 않고
침울한 상념만이 나를 구한다.

바람에 날려 온 먼지와 같이
이 이국의 땅에선 나는 하나의 미생물이다.
아니 나는 바람에 날려 와
새벽 한 시 기묘한 의식으로
그래도 좋았던
부식腐蝕된 과거로
돌아가는 것이다.

# 검은 강


신神이란 이름으로서
우리는 최종의 노정路程을 찾아보았다.

어느 날 역전에서 들려오는
군대의 합창을 귀에 받으며
우리는 죽으러 가는 자와는
반대 방향의 열차에 앉아
정욕처럼 피폐한 소설에 눈을 흘겼다.

지금 바람처럼 교차하는 지대
거기엔 일체의 불순한 욕망이 반사되고
농부의 아들은 표정도 없이
폭음과 초연硝煙이 가득 찬
생과 사의 경지境地에 떠난다.

달은 정막靜寞보다도 더욱 처량하다.
멀리 우리의 시선을 집중한
인간의 피로 이룬
자유의 성채
그것은 우리와 같이 퇴각하는 자와는 관련이 없었다.

신이란 이름으로서
우리는 저 달 속에
암담한 검은 강이 흐르는 것을 보았다.

# 부드러운 목소리로 이야기할 때

나는 언제나 샘물처럼 흐르는
그러한 인생의 복판에 서서
전쟁이나 금전이나 나를 괴롭히는 물상物象과
부드러운 목소리로 이야기할 때
한 줄기 소낙비는 나의 얼굴을 적신다.

진정코 내가 바라던 하늘과 그 계절은
푸르고 맑은 내 가슴을 눈물로 스치고
한때 청춘과 바꾼 반항도
이젠 서적처럼 불타버렸다.

가고 오는 그러한 제상諸相과 평범 속에서
술과 어지러움을 한恨하는 나는
어느 해 여름처럼 공포에 시달려
지금은 하염없이 죽는다.

사라진 일체의 나의 애욕아
지금 형태도 없이 정신을 잃고
이 쓸쓸한 들판
아니 이지러진 길목 처마 끝에서
부드러운 목소리로 이야기한들

우리들 또다시 살아 나갈 것인가.

정막靜寞처럼 잔잔한
그러한 인생의 복판에 서서
여러 남녀와 군인과 또는 학생과
이처럼 쇠퇴한 철없는 시인이
불안이다 또는 황폐롭다
부드러운 목소리로 이야기한들
광막한 나와 그대들의 기나긴 종말의 노정은
예나 지금이나 변함없노라.

오 난해한 세계
복잡한 생활 속에서
이처럼 알기 쉬운 몇 줄의 시와
말라 버린 나의 쓰디쓴 기억을 위하여
전쟁이나 사나운 애정을 잊고
넓고도 간혹 좁은 인간의 단상에 서서
내가 부드러운 목소리로 이야기할 때
우리는 서로 만난 것을 탓할 것인가
우리는 서로 헤어질 것을 원할 것인가.

# 미래의 창부娼婦
### — 새로운 신神에게

여윈 목소리로 바람과 함께
우리는 내일을 약속하지 않는다.
승객이 사라진 열차 안에서
오 그대 미래의 창부여
너의 희망은 나의 오해와
감흥感興만이다.

전쟁이 머무른 정원에
설레이며 다가드는
불운한 편력의 사람들
그 속에 나의 청춘이 자고
절망이 살던
오 그대 미래의 창부여
너의 욕망은
나의 질투와 발광만이다.

향기 짙은 젖가슴을
총알로 구멍 내고
암흑의 지도, 고절孤絶된 치마 끝을
피와 눈물과

최후의 생명으로 이끌며
오 그대 미래의 창부여
너의 목표는 나의 무덤인가.
너의 종말도 영원한 과거인가.

# 구름

어린 생각이 부서진 하늘에
어머니 구름 작은 구름들이
사나운 바람을 벗어난다.

밤비는
구름의 층계를 뛰어내려
우리에게 봄을 알려주고
모든 것이 생명을 찾았을 때
달빛은 구름 사이로
지상의 행복을 빌어주었다.

새벽 문을 여니
안개보다 따스한 호흡으로
나를 안아주던 구름이여
시간은 흘러가
네 모습은 또다시 하늘에
어느 곳에서도 바라볼 수 있는
우리의 전형典型
서로 손잡고 모이면
크게 한 몸이 되어

산다는 괴로움으로 흘러가는 구름
그러나 자유 속에서
아름다운 석양 옆에서
헤매는 것이
얼마나 좋으니

# 인천항

사진잡지에서 본 홍콩[향항香港] 야경을 기억하고 있다. 그리고 중일전쟁 때 상해 부두를 슬퍼했다.

서울에서 삼천 킬로를 떨어진 땅에 모든 해안선과 공통된 인천항이 있다.

가난한 조선의 인상을 여실히 말하던 인천 항구에는 상관商館도 없고 영사관도 없다.

따뜻한 황해의 바람이 생활의 도움이 되고저 냅킨 같은 만내灣內로 뛰어들었다.

해외에서 동포들이 고국을 찾아들 때 그들이 처음 상륙한 곳이 인천 항구이다.

그러나 날이 갈수록 은주銀酒와 아편과 호콩이 밀선에 실려 오고 태평양을 건너 무역풍을 탄 칠면조가 인천항으로 나침을 돌린다.

서울에서 모여든 모리배는 중국서 온 헐벗은 동포의 보따리같이 화폐의 큰 뭉치를 등지고 부두를 방황했다.

웬 사람이 이같이 많이 걸어 다니는 것이냐. 항부航夫들인가 아니 담배를 사려고 군복과 담요와 또는 캔디를 사려고 ─그렇지만 식료품만은 칠면조와 함께 배급을 한다.

밤이 가까울수록 성조기가 퍼덕이는 숙사宿舍와 주둔소駐屯所의 네온사인은 붉고 짠 그의 불빛은 푸르며 마치 유니온 작크가 날리는 식민지 홍콩[香港]의 야경을 닮아간다 조선의 해항海港 인천의 부두가 중일전쟁 때 일본이 지배했던 상해의 밤을 소리 없이 닮아간다.

# 한 줄기 눈물도 없이
— 부정否定의 정신과 휴머니즘

김 규 동

박인환!

이승을 떠나간 친구들이 너무나 많은 중에서도 시인 박인환만큼 선명한 모습으로 내 기억의 회랑回廊에 그림자를 드리우는 인물도 드물다. 그는 조금치도 변하지 않는, 여위고 흰 얼굴로 내게로 와서, 하고 싶은 많은 이야기를 내뱉지 못하는 사람처럼 머무적거린다. 머무적거리는 것이 아니라, 멋있는 화술話術을 준비하기 위해서, 첫마디를 내던질 순간의 정적靜寂이나 기회를 노린다는 표정으로 가까이 와서 잠시 멈춰 선다. 이런 박인환의 모습은 25년이 흐른 오늘에도 살아있던 시절의 어느 사진보다도 더 선명하고 또렷하다.

나는 갖가지 널려있는 추억의 문을 열고 그와 더욱 다정히 앉기를 원하며, 그의 손을 잡고 싶다. 그의 암시나 제스처, 일부러 꾸며내는 약간 굵은 목소리가 생각난다. 그 무엇에 대한 비평을 위하여 광대 짓을 하는 당돌함이나 좌절을 느끼는 고뇌에 찬 모습 또한 지울 수 없다.

. . . .

그가 종로에서 서점을 경영하던 시인 오장환吳章煥을 알
게 된 것은 큰 의미를 지니는 것이다.

인환의 초기 시에는 오장환의 일련의 작품이 가지는 로
맨티시즘(현대적 의미)의 여러 가지가 여실하게 감지된다.

정지용鄭芝溶에게가 아니고, 오장환에 끌렸다는 것은 기
이한 일이다.

낡은 시의 전통을 부정하고 나온 시점이 바로 자신이 쓰
는 시점임을 알았기에, 멸滅하여 가는 모든 것 앞에서 시인
의 운명을 진실로 목 놓아 울 수 있었던 격정의 시인에게서
그 음악의 향기의 감성을 감지해 냈다는 것은 특이한 일이다.

김광균金光均과 김기림金起林도 한편에 있어서 새로운 시
법을 형성하는 박인환의 레토릭rhetoric과 논리의 세계를
도왔을 것이다.

뭐니 뭐니 해도 역시 박인환은 오장환을 통해서 시를 쓰
는 기법과 리듬의 화려한 섬광을 발견해 낸 듯 보이며, 그래
서 정신의 귀족주의적 일면도 서로 흡사한 데가 있어 보인
다. 허무와 통하는 정신적 귀족주의—그것은 보들레르의 댄
디 정신이나 악마적 낭만주의와도 서로 맥이 통하는 정신적
요소들이 아닌가 싶다.

1946년에 발표된 인환의 「거리」라는 시에서는 오장환의
분위기와 포즈를 더 많이 보게 된다.

리듬에 있어서 혹은 관념이 그려내는 작위적인 이미지와
그것들 간의 혼란에 있어서 특히 그렇다.

오장환의 모든 시의 풍속을 넘어선 곳에 새 이미지를 그
리는 박인환의 새 언어—어찌 보면 그것은 새로운 오장환의

세계 같은 착각조차 느끼게 하는 문법이라 할 만한 것인데, 이런 의미에서는 오장환을 초월한 곳에 박인환의 시가 존재한다고 해도 좋을 것 같다.

아무 말도 하지 말고
지나간 날의 동화를 운율에 맞춰
거리에 화액花液을 뿌리자
따뜻한 풀잎은 젊은 너의 탄력같이
밤을 지구 밖으로 끌고 간다

지금 그곳에는 코코아의 시장이 있고
과실처럼 기억만을 아는 너의 음향이 들린다
소년들은 뒷골목을 지나 교회에 몸을 감춘다
아세틸렌 냄새는 내가 가는 곳마다
음영같이 따른다

— 「거리」 중에서

이런 피로한 이미지의 조형이란 이한직李漢稷이나 임호권林虎權의 그것과도 또 다른 취향을 가진 것이다.

한 편의 시로서 통일감을 이루지 못한 결함은 있어도, 어쨌든 30년대 시의 전통시와는 단연 관계가 없는 색다른 영토의 식물적 유연성과 숨결을 간직하고 있다.

회상의 기원
오욕의 도시

황혼의 망명객
검은 외투에 목을 굽히면
들려오는 것
아 영원히 듣기 싫은 것
쉬어빠진 진혼가
오늘의 폐허에서
우리는 또다시 만날 수 있을까
1950년의 사절단.

　　　　　　　　　　　　— 「최후의 회화會話」 중에서


여기서는 부드러운 언어의 촉감 대신에 유리처럼 반짝이는 싸늘한 감각을 환기시킨다. 메타포는 생경한 의미와 사물들을 가리킨다.

이런 경우의 인상은 스펜더나 오든을 연상케 하는 영미 근대시의 분위기를 담고 있기도 하다.

　　　　　・　・　・

'후반기'의 모임에서는 가끔 우리들 자신의 처세 문제나 문단 행위에 대하여 논란이 있어 의견 충돌이 생겼다.

조향趙鄕은 '후반기 동인'이 소위 기성문단과 적당한 타협이나 저널리즘과 영합하는 것을 전면적으로 공박攻駁하는 태도로 일관했고, 이봉래李奉來는 각자의 자유의사는 존중되어야 한다고 말하는 쪽이었다.

김경린金璟麟이 나를 건너다보며 허허 웃고 있노라면 박인환은,

"봉래, 술 좀 사"

하는 엉뚱한 전술을 꺼낸다. 김차영金次榮은 가끔 조향 편을 들기도 하지만, 이봉래의 자유주의에 이끌리고 만다.

용돈이 급하면 박인환이 연합신문사의 문화부로 나를 찾아온다. 그는 시는 써도 산문은 쓰기를 반기지 않았으므로 그에게 지급되는 원고료란 언제나 미미한 것이었다. 우리는 피차간 너무나 가난하고 의지할 곳이 없었으므로 피난지 부산의 2년 몇 개월을 거리와 다방을 헤매며 시와 음악과 그림을 무작정 섭렵하는 것을 지상至上의 행복으로 삼고 살았던 것이다.

. . .

무더운 여름.

광복동 거리는 찌는 듯한 열기를 뿜고 있었다. 이런 시간에 한해서 볕이 가려진 그늘 쪽을 골라서 사람들은 왕래한다. 헐레벌떡 남포동 골목 쪽으로 들어서려니 헌병이 길목을 지키고 섰다가 나와 앞을 가로 막았다. '국민병 수첩' 검색인 것이다. 수첩 없는 나는 전봇대 밑에 별 수 없이 붙들려 세워졌다.

난처한 얼굴로 몇 사람의 위반자들 속에 섞여서 있으려니 박인환이 점잖은 걸음걸이로 우리들 앞을 지나가는 것이다. 지나가면서 그는 헌병을 향해 수고합니다 하며 가볍게 손을 들어 보였다. 그는 이렇게 해서 무사통과였다. 그도 나와 마찬가지로 '국민병 수첩'이 없는 시민의 한 사람이었다.

구겨진 바지에다 노타이셔츠 바람인 나는 검문에도 자주

걸리는데, 그 무서운 여름날에도 정장을 하고 영국 신사처
럼 거만을 부리며 걷는 그는 헌병의 검문 같은 것에 걸리는
일이 거의 없다. 검문에 걸려서 가끔 위신이 상해지는 나를
보고 그는 한마디 한다.

"요 다음에 걸리면, 시인이라고 해 봐. 나 일전에 역전에
서 걸려서 말야, 유명한 시인이라고 자기소개를 했더니, 경
례를 붙이면서 가라고 하던데."

하였다.

"자넨 감히 그랬을 거야. 한데, 자넨 그런 염치가 어디서
생겨나나. 놀고먹고도 버젓이 살아 다니니."

이건 나의 대꾸이다. 아무리 쏘아붙이듯이 말을 내뱉어도
성을 내는 일이 없는 그였다. 박인환이 정색을 하고 누구와
다투는 일을 나는 본 일이 없다. 가까운 친구 중 그 누가 무
엇이라 빈정거리며 놀려주어도 벙긋벙긋 웃기만 하는 그,
인환은 입술에 힘을 모아 시니컬하게 웃으며, 다만 여윈 주
먹을 쥐었다 폈다 할 뿐이다. 그러나 박인환은 해방 직후 한
때 권투를 배웠다고 했다. 그래서 애인과 더불어 밤거리를
아무리 쏘다녀도 악한들의 습격을 당할 걱정은 조금치도 없
었다는 것이다.

우리들은 이것이 분명 거짓말임에 틀림없음을 알면서도,
그것을 그대로 인정해 주었다. 진짜 웃기는 녀석이라고, 서
로 사랑해 주면서.

· · ·

'이상李箱의 밤'을 주최하여 영원한 이상[金海卿]의 기억

을 되새기던 날 밤 인환은 곤드레만드레가 되도록 취해서 다방 층계에서 굴러 떨어졌다.

사회를 맡아 본 송지영宋志英 씨는 이런 때 우리들의 적극적인 후원자가 되어서 귀찮은 뒤치다꺼리까지 맡아주었다. 인환을 부축하여 집까지 데려다준 이는 물론 작달막한 키의 송 선생이었다.

봉래는 어디서 자금을 뜯어오는지 항상 풍족하였다. 마음껏 모양을 내고 좌충우돌 식으로 문화계에 군림하여 이채로왔다. 인환이나 나는 봉래의 혜택을 단단히 입은 셈이다.

담배도 차도, 또 점심이나 술까지도 나와 인환은 봉래를 만나서 해결하는 경우가 많았으니, 이로 미루어보면 인환은 천성적인 '가지지 못한 자'요, 봉래는 한없이 바쁘기는 하나 유연하게 처신하는 자본가적(?) 존재였던 것이다. 이봉구나 양병식, 또는 박태진, 김수영金洙暎 등은 유별난 우정으로 인환을 감싸준 문단 인사들이다. 이봉구는 김광균을 좋아하는 이상으로 인환에게 매료되어 있는 듯했다. 장만영張萬榮도 가까이 있었던 사람이고, 이진섭李眞燮은 자신의 누님이 경영하는 '휘가로Figa-ro' 다방에 데리고 가서는 인환이 좋아하는 조니 워커를 꺼내 품속에 넣어 주었다.

부산 시절에 겪은 일들을 어찌 다 적을 수 있을까. 그 어떤 이의 젊은 시절도 그러하듯 우리들 젊은 가슴도 청춘의 열기가 가득 넘쳐서 적게 크게 불탔던 것이다.

40계단 아래 그 목욕탕이 있던 골목의 나지막한 다방에서 내가 뭔가 쓰고 있노라면, 영화배우같이 말끔한 박인환이 들어선다. 들어서서 그럴듯하게 손을 흔들어 이쪽을 향

해 신호를 하고는 내 탁자 앞에 앉는다. 장교將校 담배를 길
게 빼어 물고는 다짜고짜 이렇게 말한다.
　"거꾸로 쓰니까 시가 되더군!"
　"규동, 자네도 한번 해봐. 마지막 행부터 쓰거든. 재미있어!"
　"자식 싱겁기는! 차나 마셔."
　하고 보는 체도 않고 원고지를 메꾸어 가노라면,
　"나, 가."
　하고 탁자 위에 놓인 담뱃갑을 훌렁 집어넣고 어슬렁 사
라진다.
　인환이 거꾸로 시를 쓰는 습관은 로직을 위해서이고 폭
발하는 시적 효과를 노려서다. 이제 그의 시 「밤의 노래」 끝
연을 마지막 행부터 거꾸로 읽어보자.


　　내 가슴의 운석에 갈앉아 버린다.
　　선을 그리며
　　그것이 가끔 교회의 종소리에 합쳐
　　달려오는 전파
　　고막을 깨뜨릴 듯이


물론 제 순서는 다음과 같다.


　　고막을 깨뜨릴 듯이
　　달려오는 전파電波
　　그것이 가끔 교회의 종소리에 합쳐
　　선을 그리며

내 가슴의 운석에 갈앉아 버린다.

쉬르레알리슴의 문법(자동기술)처럼 신기롭고 돌발하는 작은 불빛들을 발하는 것 같다.
　이러한 발상의 방법은 시의 실험이나 연습을 위해서―모험정신을 가꾸어간다는 의미에서―가볍게 넘길 수가 없는 흥미거리가 된다.
　단절은 현대시에 있어서의 중요한 기법의 하나이다. 행간의 의미를 중시하는 새로운 시도에 있어서 단절과 당돌한 결합이 짜내는 이미지의 신기新奇가 무엇보다도 고상한 자리를 차지하게 되는 것은 말할 것도 없는 일이다. 프랑스 전위시인들뿐 아니고 영미 시단에서의 커밍즈 같은 시인이 보여 준 스타일 같은 것도 이런 시도와 관련이 있는 것이다.

· · ·

1953년 휴전을 전후하여 서울에 돌아온 우리들은 여러 가지 면에 있어서 새로운 출발을 계획하여야만 했다. 부산을 떠나기 전에 이미 발전적 해산을 보았던 '후반기' 모임을 새로운 시야와 현실적 조건 아래서 새로 정비하는 것은 절실한 문제였으나, 박인환과 이봉래는 영화에 대해서 관심이 커졌고, 나는 신문사 일에 몰려서 다른 뜻을 마음대로 펼 수 없게 되었다.
　인환은 환도 이후에 해외 영화를 열중해서 보고 영화 비평을 썼다. 그것은 호구지책의 일환이기도 했다.
　오종식吳宗植 씨를 중심해서 우리는 영화 평론가협회를

만들기도 했다. 허백년許栢年, 유두연劉斗演, 이봉래, 이진섭, 유한철劉漢徹, 박인환, 김규동 등의 발기로 발족한 영화 평론가의 모임은 흔히 단성사 근처의 중국 요리집에서 왁자지껄하게 벌어졌으나, 실제 영화에 대한 토론이나 이론은 저쪽에 밀어 놓고 술을 마시는 일이 더 중대한 행사였다.

술이 취하면 유두연이 무성영화 변사의 흉내를 내서 좌중을 웃겼고, 박인환은 캐롤 리드나 마르셀 카로네 영화의 감격을 전파하느라고 혼자 바빴다.

왜 이 나라에는 감독이 없느냐? 이탈리아 네오 레알리스모의 감독 말이다. 감독이 있다면 영화에 주연하겠다는 것이 인환의 자랑스런 선언이다.

「제3의 사나이」의 시사회試寫會 땐가 갑자기 인환이 일어나,

"여깁니다. 이것이 영화에요! 백철 씨 아십니까!"

라고 소리쳐 모두를 웃긴 일이 있는데, 뒤켠에 그냥 앉아 있던 백철白鐵 선생이 뜻하지 않게 봉변을 당했으니, 모두 기가 막혀서 껄껄 웃을 수밖에 없었던 것이다.

이렇게 인환은 무슨 일에 감격하면 참지 못해서 혼자 흥분하는 버릇이 있었던 것이다.

밤이 으슥한 시간에 내가 일하고 있던 한국일보 2층 편집실에 슬그머니 나타난다. 나타나서는 괜히 첫마디가 으레 다음과 같다.

"나는 오석천吳昔泉을 만나야 해. 지금 있나?"

석천은 당시 우리 신문의 주필主筆이었다.

이 자식이 또 능청을 부리려고 왔나 싶어 잠자코 일거리를 매만지는 체하고 있으면, 내 책상머리에 붙어 앉아서 귓

속말 비슷이 이렇게 들이댄다.

"여봐, 뭐 좀 먹어 갈 거 없나?"

그가 먹어 갈 거란 보통 책이다. 책장에 있는 책을 이것 저것 뒤적거리다 아무거나 한두 권 슬쩍 끼고 사라져 버리는 것이다. 석천 선생의 책상에서는 경제나 정치 서적을 탐냈고, 내 책상머리에서는 무슨 시론詩論 따위를 슬쩍 먹어 가곤 했던 것이다. 한번은 신문사 재산인 백과사전 큰 책을 술이 얼근해서 껴안고,

"나 이거 먹어 갈까." 해서 펄쩍 뛴 일이 있다.

"여봐, 큰일 나. 장기영 사장이 알면 자네 다신 이 집에 못 와."

하고 두 눈을 부릅뜨면 히죽 웃고,

"잘 있어. 나, 가."

하고 사라진다.

박인환만큼 평소 책을 좋아한 친구는 드물다. 그는 시와 예술 이외의 무슨 책이라도 신기해 보이는 것이면 무엇이든지 애지중지 모았다.

장만영이나 김광균, 이용구가 애서가라면, 인환은 책에 대한 유다른 수집벽 같은 것이 있었다.

그의 서가에는 일본 제일서방第一書房의 한정본이나 호화 장정본이 꽂혀 있었다.

콕토나 자콥, 혹은 발레리, 예이츠의 호화판 시집과 고 GM라든지 릴케의 서간집書簡集 같은 구수한 책들이……

이봉래와 마찬가지로 박인환은 책을 빌려 가면 영 소식이 없다. 아주 먹어 치우고 만다. 김경린이나 조향이 깍듯이

돌려주는 것과는 아주 다르게 자기 소유로 만들어 버리는 것이다. 김수영은 자기 책을 더러 빌려 주기도 했지만, 빌려 간 책에 붉은 줄을 잔뜩 그어 놓는 한이 있어도 대개는 돌려준다. 모두가 생활하는 모습이 각기 다른 것이다.

1955년 가을에 나는 첫 시집 『나비와 광장』을 내었다. 이 시집의 출판 기념회에서 인환은 나의 시 「보일러 사건의 진상」을 낭독해 주었다. 뒤따라 이 해에 인환이 또한 시집을 내었다.

아직 풀이 마르지 않은 『박인환 선시집』 견본을 가지고 한국일보사 2층 좁은 계단을 황급히 달려 올라오던 그의 상기된 모습이 지금도 눈에 선하다. 그런데 이 『박인환 선시집』은 제본소에서 책을 다 찾기도 전에 화재를 당해 회진灰塵되고 만 것이다. 운이 나빴던 것이다. 그래서 시집은 냈지만, 이 시집을 받아 본 사람이 많지 못하다.


갈매기와 하나의 물체
'고독孤獨'
연월도 없고 태양은 차갑다.
나는 아무 욕망도 갖지 않겠다.
더욱이 낭만과 정서는
저기 부서지는 거품 속에 있어라.
죽어 간 자의 표정처럼
무겁고 침울한 파도 그것이 노할 때
나는 살아 있는 자라고 외칠 수 없었다.
그저 의지의 믿음만을 위하여

심유深幽한 바다 위를 흘러가는 것이다.
　　　　　　　　　　　　　—「태평양에서」 중에서


　여행과 방랑과 술과 좌절의식—그것은 아마도 이 시대 시인들의 영원한 그리움과 고향 같은 것인지도 모른다. 더욱이 자연 시인들의 가슴을 넘치게 해 주는 것은 낭만과 꿈의 멀고 먼 그 아름다움일 것이다.

　박인환도 따지고 보면 일종의 서정 시인임에 틀림없다. 그는 무척 아름다운 것, 사랑과 우정—또는 허물어져 가는, 인간의 마음 구석에 숨겨져 있는 우애의 정신을 무엇보다 그리워하였다.

　회복할 수 없이 된 파멸과 절망을 그는 무엇보다 서러워하는—착하게, 아름답게 남들과 나란히 살고 싶은 인간이었다.

　영웅도 권력자도 그에게는 그리 큰 의미를 안겨 주지 못했다. 평등한 시민으로 조용히 아름답게 이상적인 삶을 영위하고 싶다는 의지—그래서 그는 시를 쓰는 그 침묵의 작업을 통해 그러한 염원念願을 남 몰래 불태우고 있었다.

　불편한 선박船舶에 승선을 감행해서 아메리카에 다녀왔던 것도 방랑과 여행에의 누를 수 없는 욕망 때문이다. 「태평양에서」를 통하여 보는 바와 같은 심경의 고백은 너무나도 솔직한 하나의 기원祈願이다. 길을 떠나는 마음을 어느 시편에서보다도 직접적으로 나타낸 그의 '기행 시편'들은 그가 지녔던 소박하고 솔직한 인간 성향의 단면을 잘 나타내 주는 것들이었다.

　그지없이 약하고 부서지기 쉬운 마음이 현실의 무딘 벽

에 부딪혀서 피 흘리는 인간 자신의 단면을 보여 주는 것만
같다.

    나는 나도 모르는 사이에 먼 나라로
    여행의 길을 떠났다.
    수중엔 돈도 없이
    집엔 쌀도 없는 시인이
    누구의 속임인가
    나는 환상인가
    그저 배를 타고
    많은 인간이 죽은 바다를 건너
    낯설은 나라를 돌아다니게 되었다.
    (1연 8행 생략)
    거룩한 자유의 이름으로 알려진 토지
    무성한 삼림森林이 있고
    비렴계관飛廉桂館과 같은 집이
    연이어 있는 아메리카의 도시
    시애틀의 네온이 붉은 거리를
    실신한 나는 간다
    아니 나는 더욱 선명한 정신으로
    타아반에 들어가 향수鄕愁를 본다.
    이지러진 회사
    불멸의 고독
    구두에 남은 한국의 진흙과
    상표도 없는 '공작'의 연기

그것은 나의 자랑이다
나의 외로움이다.
또 밤거리
거리의 음료수를 마시는
포오틀랜드의 이방인
저기
가는 사람은 나를 무엇으로 보고 있는가
—「여행」에서

「여행旅行」이란 시는 알기 쉬운 심경 묘사의 시다.

막연하게 길을 떠난 시인의 방황과 이름 지을 수 없는 설움이 이 한 편의 시에 담겨져 있다. 인환은 솔직한 심정의 고백이 너무나도 서럽고 가엾은 것이어서 차라리 야릇한 감상에 젖게 된다. 그러나 이 센티멘털한 서정은 단지 그러한 현실적 불행이나 절망에만 차서 언제까지나 머무르는 것이 아니다. 열린 세계에로 향하는 생동하는 의지가 잿더미 속의 불씨같이 살아 있다. 상표도 없는 담배의 연기는 나의 자랑이요, 외로움이라고 말하는 곳에 인환의 싸늘한 지성이 스스로를 조용히 껴안는 모습이 깃들어 있어 보인다.

음산한 잡초가 무성한 들판에
용사가 누워 있었다.
구름 속에 장미가 피고
비둘기는 야전 병원野戰病院 지붕 위에서 울었다.

존엄한 죽음을 기다리는
용사는 대열을 지어
전선으로 나가는 뜨거운 구두 소리를 듣는다.
아 창문을 닫으시오.

고지 탈환전
제트기 박격포 수류탄
'어머니' 마지막 그가 부를 때
하늘에서 비가 내리기 시작했다.

옛날은 화려한 그림책
한 장 한 장마다 그리운 이야기
만세 소리도 없이 떠나
흰 붕대에 감겨
그는 남모르는 토지에서 죽는다.

한 줄기 눈물도 없이
인간이라는 이름으로서
그는 피와 청춘을
자유를 위해 바쳤다.
음산한 잡초가 무성한 들판엔
지금 찾아오는 사람도 없다.

— 「한 줄기 눈물도 없이」

전쟁의 비참에 대해서 누구보다도 준열한 비판자이기를

원했던 그다. 비정한 죽음에 대하여 참을 수 없는 슬픔을 나타낸 이 작품은 휴머니즘이 보다 넓은 의미의 인간애로서 잘 수용되어 있다.

인환이 '한 줄기 눈물도 없이' 우리 곁을 떠난 지 어언 4분의 1세기가 흘렀다. 그 동안 한국시도 많이 변모하였고, 우리가 사는 사회도 많이 변했다. 전쟁은 없어도 우리는 여러 가지 시련에 처해 있다.

인환이 지금 우리와 함께 지상에 살아 있다면 그는 어떻게 하고 있을까?

그는 여전히 시를 쓸 것이다.

써도 좀 더 투명하고 명확하게 쓸 것이다. 어쩌면 더 당당하게 시를 쓸 것이다.

**1926**( 1세) 8월 15일 강원도 인제군 인제읍 상동리 159번
지에서 박광선朴光善과 함숙형咸淑亨 사이의 4
남 2녀 중 맏이로 출생(본관 : 밀양).

**1933**( 8세) 인제공립보통학교 입학.

**1936**(11세) 서울 종로 내수동으로 이사했으나 다시 원서동
134번지로 집을 옮김. 덕수공립보통학교 4학
년 편입.

**1939**(14세) 3월 18일 덕수공립보통학교 졸업, 4월 2일 경
기공립중학교 입학.

**1941**(16세) 3월 16일 경기공립중학교 자퇴하고 한성학교
야학부로 학교를 옮김.

**1942**(17세) 황해도 재령의 명신중학교에 4학년으로 편입학.

**1944**(19세) 명신중학교 졸업. 관립 평양의학전문학교(3년
제) 입학.

**1945**(20세) 8·15 광복 후 학업을 중단하고 서울로 올라옴,
종로3가 2번지 낙원동 입구에 서점 <마리서사
茉莉書肆> 개업.

**1946**(21세) 12월 <국제신보>에 시 「거리」를 발표하면서 등단.

**1947**(22세) 시 「남풍」과 산문 「아메리카 시론」을 시사 종
합지인 『신천지』에 발표.

**1948**(23세) 입춘을 전후하여 <마리서사> 폐업.
5월 덕수궁에서 이정숙과 결혼.

김경린, 양병식, 김수영, 임호권, 김병욱 등과
함께 동인지『신시론』제1집을 간행. 7월 자유
신문사에 입사. 시「나의생애에 흐르는 시간들」
「일곱 개의 층계」등을 <세계일보>에 시「지
하실」을 ≪민성≫에 발표.
산문「아메리카의 영화 시론」「사르트르와 실
존주의」와 시「인도네시아 인민에게 주는 시」
를 ≪신천지≫에 발표.
12월 8일 장남 세형世馨 출생.

**1949**(24세) 4월 김경린, 김수영, 임호권, 양병식 등과 5인
합동시집『새로운 도시와 시민들의 합창』간
행. 6월 경향신문사에 입사. 동인 중 김수영,
양병식, 임호근이 빠지고 이한직, 조향, 이상로
등이 새로 가담한 <후반기동인> 결성.

**1950**(25세) 9월 25일 딸 세화世華 출생.
6·25 발발 후 9·28 수복 때까지 지하 생활을
하다가 12월 8일 대구로 피난.

**1951**(26세) 5월 육군 정훈부 종군 작가단에 참여.
10월에 경향신문 본사가 부산으로 내려오자
부산에서 기자 생활을 함.
<대구신문> <영남일보> <국제신보>에「신호
탄」「벽」「문제되는 것」등의 시를 발표함.

**1952**(27세) <주간국제>에 시론「현대시의 불행한 단면」을
기고. 경향신문사 퇴사 후 대한해운공사 입사.

**1953**(28세) 3월 후반기동인과 함께 <이상李箱 추모의 밤>을 개최함. 5월 31일 차남 세곤世崑 출생.
7월 휴전협정이 타결되자 중순경 서울 옛집으로 돌아옴, 환도 직전 부산에서 '후반기' 동인 해산 결정.
김규동, 이봉래, 이진섭, 오종식, 허백년, 유두연 등을 구성원으로 [영화평론가협회] 발족.

**1954**(29세) <경향신문> <연합신문>에 영화평론을 다수 발표함.

**1955**(30세) 3월 5일 대한해운공사의 화물선 남해호의 사무장으로 미국 여행(3월 22일 미국 워싱턴 주 올림피아 항 도착. 4월 10일경 귀국 후 「19일간의 아메리카」를 조선일보(5월 13일, 17일)에 기고.
6월 대한해운공사 퇴사.
10월 15일 『박인환선시집選詩集』(산호장) 간행.

**1956**(31세) 3월 18일 동화백화점 살롱에서 개최된 작고 문인 추도의 밤에서 「죽은 아포롱」「옛날 사람들에게」 등을 발표함.
3월 20일 밤 9시 자택에서 심장마비로 사망.
9월 19일 문우文友들이 망우리 묘소에 「세월이 가면」을 새긴 시비를 세움.

**1986**년 『박인환 전집』(문학세계사) 간행.

한국 현대시 100년의 금자탑은 장엄하다. 오랜 역사와 더불어 꽃피워온 얼·말·글의 새벽을 열었고 외세의 침략으로 역경과 수난 속에서도 모국어의 활화산은 더욱 불길을 뿜어 세계문학 속에 한국시의 참모습을 드러내게 되었다.

이 나라는 글의 나라였고 이 겨레는 시의 겨레였다. 글로 사직을 지키고 시로 살림하며 노래로 산과 물을 감싸왔다. 오늘 높아져 가는 겨레의 위상과 자존의 바탕에도 모국어의 위대한 용암이 들끓고 있음이다.

이제 우리는 이 땅의 시인들이 척박한 시대를 피땀으로 경작해온 풍성한 시의 수확을 먼 미래의 자손들에게까지 누리고 살 양식으로 공급하는 곳간을 여는 일에 나서야 할 때임을 깨닫고 서두르는 것이다.

일찍이 만해는 「님의 침묵」으로 빼앗긴 나라를 되찾고 잃어가는 민족정신을 일으켜 세우는 밑거름으로 삼았으며 그 기룸의 뜻은 높은 뫼로 솟아오르고 너른 바다로 뻗어나가고 있다.

만해가 시를 최초로 활자화한 것은 옥중시 「무궁화를 심고자」(《개벽》 27호 1922.9)였다. 만해사상실천선양회는 그 아흔 돌을 맞아 만해의 시정신을 기리는 일의 하나로 '한국대표명시선100'을 펴내게 된 것이다.

이로써 시인들은 더욱 붓을 가다듬어 후세에 길이 남을 명편들을 낳는 일에 나서게 될 것이고, 이 겨레는 이 크나큰 모국어의 축복을 길이 가슴에 새겨나갈 것이다.

만해사상실천선양회

한국대표명시선100 | 박 인 환

# 목마와 숙녀

1판1쇄 발행  2013년 6월 28일
1판2쇄 발행  2016년 5월 20일

지 은 이  박인환
뽑 은 이  만해사상실천선양회
펴 낸 이  이창섭
펴 낸 곳  시인생각
등 록 번 호  제2012-000007호(2012.7.6)
주      소  고양시 일산동구 호수로 688. A-419호
          ㉾10364
전      화  050-5552-2222
팩      스  (031)812-5121
이 메 일  lkb4000@hanmail.net

값 6,000원

ISBN  978-89-98047-56-6  03810


* 잘못된 책은 책을 구입하신 서점에서 교환하여 드립니다.

※ 이 책은 만해사상실천선양회의 지원으로 간행되었습니다.